¿Quién es mi mamá?

Lada Josefa Kratky

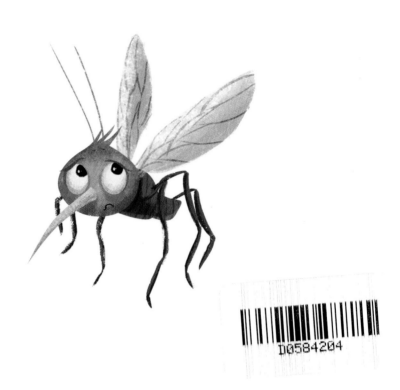

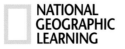 NATIONAL GEOGRAPHIC LEARNING | 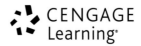 CENGAGE Learning®

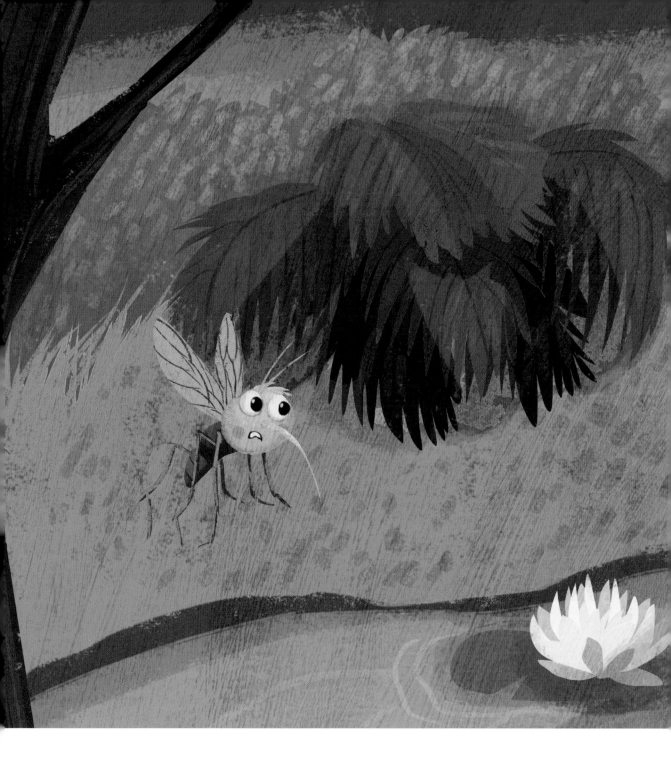

¿Mamá?

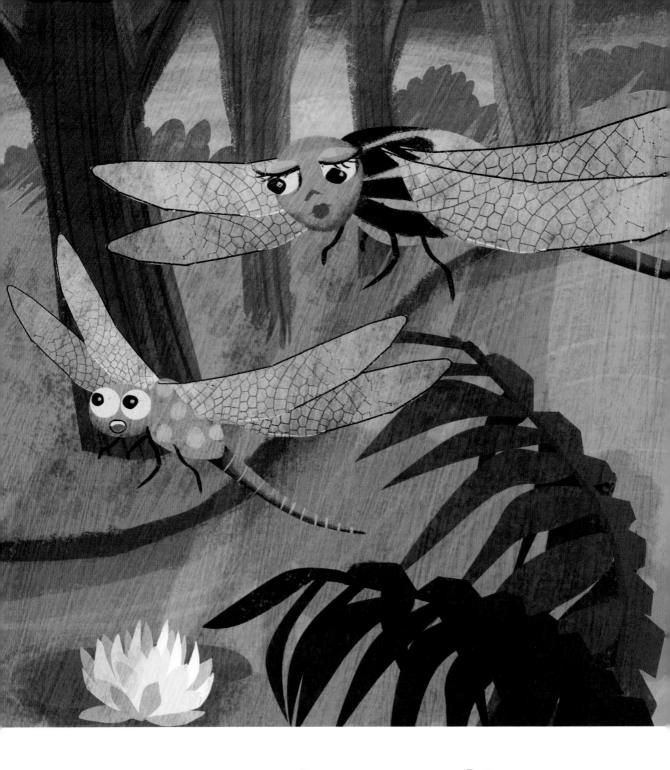

¡Es **mi** mamá!

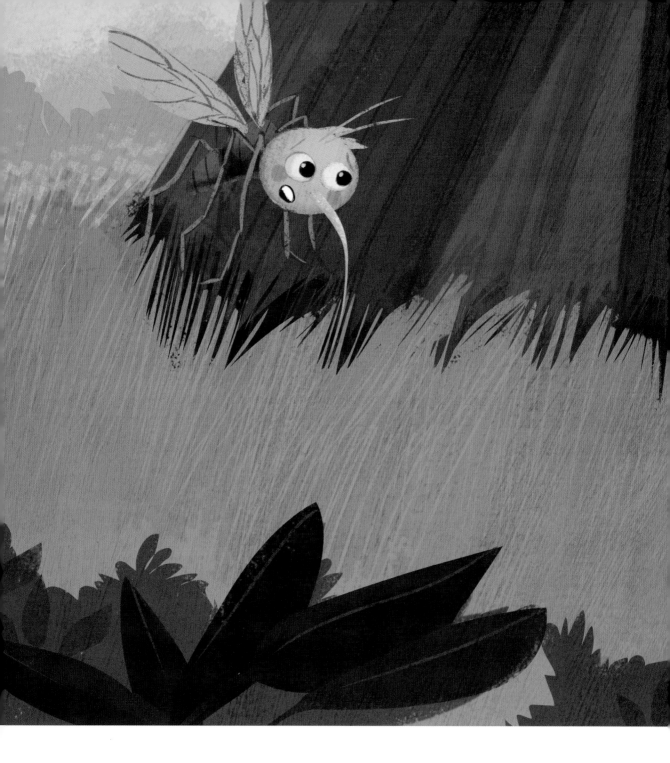

¿Mamá?

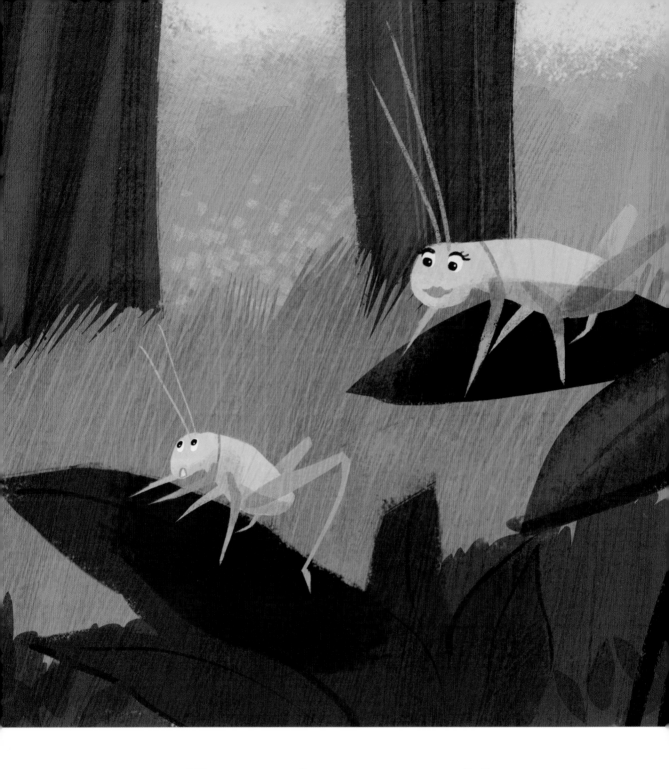

¡Es **mi** mamá!

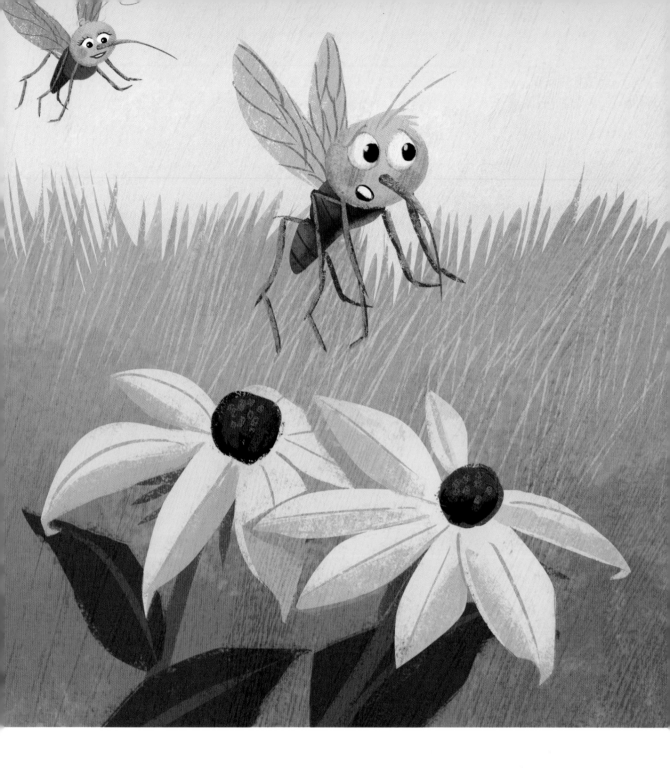

¿Mamá?

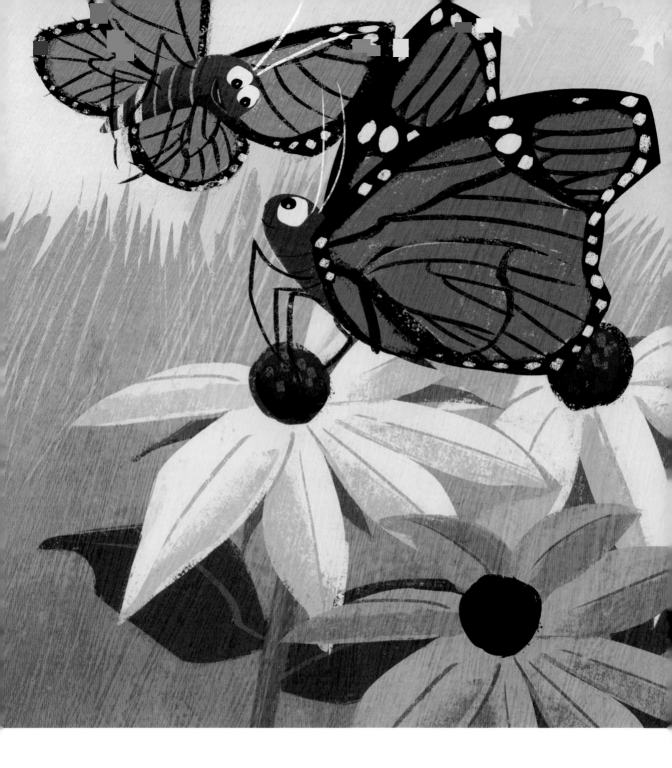

¡Es **mi** mamá!

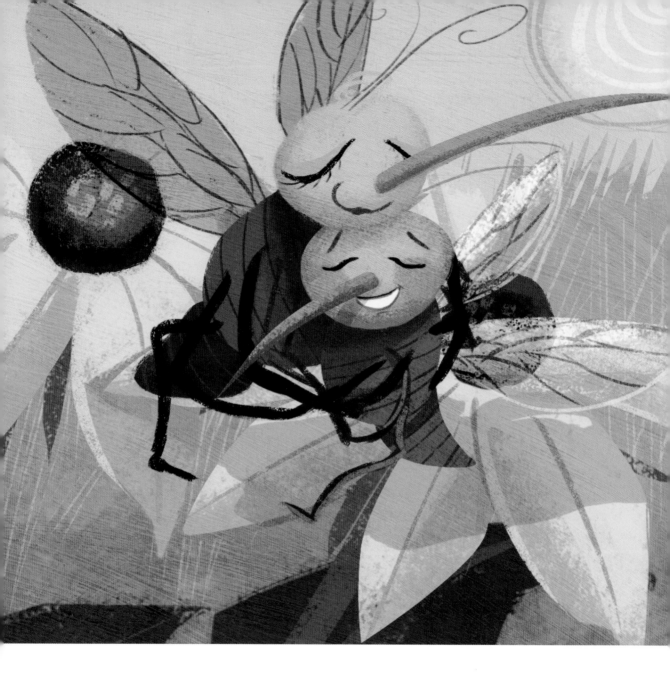

¡Es **mi** mosquito!

¡Mío, mío, mío!